星に願いを

Hoshi ni Negai wo

大倉一美
Hitomi Okura

文芸社

カバー　人形制作　大倉　一美

目次

星に願いを

星に願いを

時がとまった。

一体、何が起こったのだろうか。本当のことなのだろうか。決められていた、本当の出来事なのだろうか。

突然、貴方が逝ってしまった。

私を残して一人で勝手に何も言わずに本当に突然に。

約束なんか破ったことのない貴方が、楽しみにしていた約束を残したまま、その日までもう少しなのに一人で逝ってしまった。

私の貴方。大好きな貴方。嘘だと言って笑って戻って来て。いつもの笑顔で私の元に帰って来て。貴方、声が聞きたい。顔が見たい。貴方のそばに行きたい。

信じられない。起こってしまったことが信じられない。何かの間違いとしか思えない。

冬、早朝、時がとまってしまったとき。

私は何もしてあげられなかった。貴方に何もしてあげられなかった。一番肝心なときに何一つしてあげられなかった。

何があったの。あんなに約束していたのに何も言わないで逝くなんて。

◇

仮通夜。貴方の嬉しそうな声が聞こえた。満面の笑みを浮かべた顔が見えた。

「おおっ、来てくれたのか」

待って、待って諦めかけていたら、私が来たかのように、本当に嬉しそうな貴方の顔が見えた。声が聞こえた。

そう感じた。偶然、逢ったときのようににこにこと私の顔を見ながら驚いたように嬉しそうに、本当に嬉しそうに、私の回りを、この場所で、何をしてあげたらよいのかと言わんばかりに、行ったり来たりしていた。終始ぼーっとしていた私には何がなんだかよく判らず、以前のように何かの式典に来ているようでもありました。

祭壇は、山水画にある高い山のように見えました。それでも、嬉しそうな、喜んだ貴方を感じられてよかったと思いました。来てよかったと思いました。

翌日、密葬。貴方の顔がよく見えるように、眼鏡をして行きました。

今日は貴方の顔がよく見えました。

貴方が、思い残すことなく安心して旅立つことができるように、少し、たくさんかな、無理をして祈りました。

「安心して安らかにお休みください」と伝えました。

そういう風に送らなくてはいけないと聞きましたから。でも私の中ではまだきちんと終わってはいませんでした。

お見送りの時間まで待ちました。

ご挨拶のあいだ、戒名を見ていました。

これからの貴方の名前なの？　こんな名前の人になるような気がしません。今までの名前も忘れないでください。一美のことを忘れないでください。

昨日と同じ写真のはずが、もっと生き生きしてて、私を見て今にも乗り出さんばかりに、にっこ、にっこ笑っているのです。貴方が喜んでいるのかなと思いました。

それから貴方は皆に最後のご挨拶をして出発していきました。

ぼーっとしている内に終わりました。泣いている人達の中で私は泣けませんでした。このことを本当のこととして受け入れるという作業がまだ私の中では出来ていませんでした。なんとか嘘であって欲しいとまだ思っていました。来なければいけない所に、取りあえず来ているけれど、本当は違う、という感じでした。数人の人と上の空で言葉をかわして、貴方のことも少し話したいと思ったのだけど、人が沢山いたから、想いを残しながら帰りました。

大通りに出てから、普段はめったに通らない横道に入って家に向かいました。初めての信号に差し掛かったとき、赤に変わったので止まりました。

そしたらなんと、目の前を貴方が横切って通るではありませんか。びっくりしました。どうしてこんなところで出逢うのかわからないまま、でも嬉しくて私だけでもう一度、お別れしました。

貴方が「お前は特別だから、もう一度お前だけに逢いたくて」と言っているようでした。

あの最後の夜、私の車から降りて、にっこり笑いながら手を振って車の前の横断歩道を横切って行ったあのときのように。まるで同じ風景で左から右へ。いつもは決してそんなことはなさらなかったのに、あのとき貴方はどうして手を振ったのでしょう。あれは、何だったのでしょう。

哀しさをいっとき忘れて嬉しくなりました。

昔、よく交差点や道路で、車同士ですれ違って、手を振り合ったことを思い出しながら、思いがけず逢えたのがほんとに嬉しくって思わず笑って、「いってらっしゃい」と送りました。少し楽しく家路につきました。

お天気は快晴。陽射しは暑い程でした。

◇

明後日が約束の日。指折り数えて楽しみにしていたのに、貴方と約束のその日は告別式になりました。一度も、一瞬たりとも、夢にも考えてみなかったことになってしまいました。

いつもどおりの二人の大切な時間になるはずだったその日、私達の時は大勢の人で一杯になることでしょう。大切な、大切な二人だけの時間になるはずだったのに。

哀しい、恋しい、悲しい、苦しい、貴方に逢いたい。

哀しみが癒える日が来るのでしょうか。

この痛みがいつか想い出に変わることがあるのでしょうか。

貴方のいない、日々を受け入れることが出来るのでしょうか。

そこに私は生きて行くことができるのでしょうか。独りで生きて行くことができるのでしょうか。

貴方、私には判りません。つい一週間前まで、あんなに優しく、「一美が可愛い、可愛くって仕方がないんだ。何だろうね、この気持ち」って何度も、何度もおっしゃっていたのに。「二人で仲良く長生きしよう」っておっしゃったのに。どうして私を置いて逝ったのですか。

こんなに好きなのに、黙って一人で逝くなんて、長生きして、幸せに暮らそうっておっしゃったのに、突然逝ってしまうなんて。一美をひとりぼっちにするなんて。

こんなことになるのだったら、一週間前のあの日、三日前のあの時に一緒に連れていってくださったら良かったのに。どうして私だけ残して逝ってしまったのですか。

◇

私達の日がもうすぐやって来ます。二時から三時の間にあなたは来ます。

玄関のベルが家中に響きます。私は走ってドアまで行きます。ドアの向こう側にいる貴方をはね飛ばさないように、そおっと急いでドアを開け「お帰りなさい」と嬉しさで迎えます。

「はいっ」と多分あなたも嬉しそうに私の顔を見つめます。

壁に左手をついてスリッパを履いて歩き始めます。私は靴を揃え、あなたの後ろを走ります。広間のソファーの前でくるりと振り向くとあなたは大きく手を広げ、私を迎え入れます。私は、貴方の胸に飛び込みます。

大好きな、大好きな貴方、貴方の胸の中、二人はいつまでもキスをし、貴方は「逢いたかった、お前とキスがしたかった」と言って、またキスを続けます。

そんな日がくるはずでした。貴方のパジャマにアイロンをかけたり、お料理のメニューを考えたり、楽しいはずのこの数日が、何と言うことでしょう。

私はどうしたらいいのですか。二十年という永い間、いつも貴方に守られてきた、貴方だけを見つめて生きて来た、貴方がいるから生きてこられた私はどうすればいいのですか。

一生懸命、貴方を守って来た積もりでしたが、大きく、大きく守られていたことが身にしみます。

ぼっーと立ち尽くす、足がふわふわする、涙が出ない、こんなことってあるの。もしかしたら電話がかかってくるかも知れない。「心配かけたね。ちょっといろいろあってね」って。

明日は電話があるかな……。だってそろそろキスしたいでしょ。

16

次の約束。

大好きな桜の並木、その側にある家に越して来て、私は花の季節が楽しみだった。桜の花が好きだった。あの何とも言えない花の色、香り、一つだけでも美しく、沢山集まった遠景の霞むような、弾けるようなさま、樹の幹の渋くてどーんとして、そして優しそうなふわっとおおらかな感じ、真夏に思いっきり葉を茂らせて、涼しい道を作ってくれ、冬には枯れ枝に蕾を沢山膨らませ、寒さに、凍えそうな私達に「もうすぐ春だよ」と勇気をくれる。どんな人も、満開の桜を見れば笑顔になれる。

そして、夜桜は、どこまでも限りなく神秘的。桜が大好きだったのに貴方はなぜか桜を私から持って行った。この年の、私にとって最後の桜を一花、手帖に押した。

それ以上に大切な貴方との約束、新しいこの家に来るという、「お前が住んでいるところを見ておかなくてはね」という。どんなに、どんなに楽しみだったか。

娘達の誕生日でもあるその日、貴方はやってくる。ご馳走を作って、皆で楽しくお話をして、私は家中を案内します。貴方はいつもとはまた違う一美を発見することでしょう。

ここが、居間、ここがキッチン、一階をぐるっとひと回り。

気をつけて、ここから階段、二階に上がります。階段は少し段が高いから足元に気をつけて、といって私達はいつものようにお互いの腰に手を回して二人で一緒に階段をのぼります。いつものように一段ずつ。

二階の窓から景色を眺め、想い出話をして、最後に私の寝室。

お部屋を見せるふりして、きっと私は貴方にキスをするでしょう。いっぱい、いっぱいキスするでしょう。そして笑いながら、貴方も私にいっぱいキスしてくださるのです。「お前とキスがしたかった」といって。

それからのひとときの楽しいこと。私は幸せそうな顔をするでしょう。貴方は「安心した」と言うでしょう。そして、「お前の笑顔は世界一だ」と。「泣いても一生、笑っても一生。同じ一生ならいつも笑っていなさい」って。

もう一度言って、もう一度笑って、もっと逢いたい……貴方。話したいことがまだ沢山あったのに。見てて欲しいことがあったのに。貴方にしてあげたいことが山のようにあったのに。

聞いてみたいことがあったのに。

二人でしたいことがあったのに。

貴方に、いつか言おうと思っていた大事なことがあったのに。

◇

約束だった日、その日は本葬、告別式になった。約束どおり二人の家で待っていようかとも思ったけれど、貴方のいつもの気持ちを思って式に行くことにした。

大きな行事があるときにはいつも、「来てくれ。俺を見ててくれ、お前が見てくれていると嬉しいよ」あなたはいつもそう言っていたから。

私は、大切な指輪をして行った。庭仕事をするときや、家事をするときに私がこの指輪を外していると、口には出さずにいつも気にしていたから。大事だったから、なくしたり、傷つけたりしないように、外していただけだったのに、その後つけるのを忘れていただけなのに「どうして今日は指輪をしていないのかな、何があったのかな」と言うような顔をして、からっぽの指を触っていた。

指輪をしているときは、よく私の手を持って指輪をこすりながら何かお願いごとをしているような感じだった。まるでアラジンの魔法のランプをそうするように。だから心配させないように、大好きなこのエタニティリングをして行った。

貴方はとっても焼きもち焼きだった。私を自分の世界以外の所へは置かなかった。そんなことは決してないのに、よそへ出すと他の男性が目をつけるからと、真顔で言うのだった。貴方以外の男性に興味のない私は、そんな心配をされるのが少し可笑しかったけれど、「お前に気がないから気が付かないだけだよ」というからそういうことにしておいた。

色々なお誘いに関しては、相談するとほとんど、断るようにと言われた。理由は「子供が大切。今は子供を優先させなさい。子供のためには、お母さんは家にいることが大事だよ」とか「俺がいればいいだろう、俺が判っていればいいだろう。お前のことは俺がちゃんと見ててやるから」というものだった。

それとこれとはお話が別です。私にだって、ささやかだけれど、社会的立場というものがあります。と言いたいことも中にはあったが、どちらにしても、貴方がそう望むのなら私はそれでいいと思った。世の中、誰にとってもそんなに思いどおりに運ぶことばかりではなく意のままになってくれる人ばかりではないから、私くらいは貴方の思いどおりになろうと思っていた。

「男に生まれて、この世に生まれて来て良かったなあ」と思わせたかった。幸せな思いで一杯にしてあげたかった。余計なことで煩わせたくなかった。

貴方こそ人に好かれた。優しい笑顔で、人を惹き付け、心地良くさせる魅力があった。誠意があった。男性にも女性にも好かれた。よくもてた。だから私だって本当は貴方に負けないくらい嫉妬した。けれど、種に切りがなく沢山嫉妬の対象がありすぎるので全部嫉妬していたら身が持たない。

あんまり沢山でめんどうくさいからほとんどは口にしなかった。私は、かなりのめんどくさがり屋だった。

二人で一緒にいる楽しい時間の方が大切だったから。それなのに貴方は暢気にも、「お前は、焼きもち焼かないなあ」と言っていた。焼きもちを焼かない訳ではなかったけれど、私には貴方の真心がしっかりと判っていたから。

「嫌な思いをすることがあっても、全部仕事だからね、仕事をしていくためだから我慢してくれ」と言いつつ「悪いな、悪いな」と言っていた。

本当にそういう事情もあった。厳しい表情をして、元気に働いている貴方が好きだったから、判っていた。貴方の覇気が好きだったから。何もかもぐっと飲み込んで仕事をしている貴方が好きだった。どんなときでも「お前を見ると安心するよ」と言う貴方に満足していた。

◇

私の大好きな貴方は大きな写真になっていた。大きな、大きな貴方は大きな笑顔で皆を見守っていた。偶然、まん中の焼香台になった。貴方を見上げた。私を見て笑っている。

「やあ来たな」っていつものように優しく笑いかけてくださった。

嬉しかった。貴方に吸い込まれるようにすーっと気持ちが落ち着いて安らかで幸せな気分になった。このままずっと貴方を見つめていたかった。

貴方のやわらかな眼差しに包まれていたかった。その時、読経が始まった。いつまでも見つめ合っていてはいけないと思った。

それから、電車に乗って、この日の本当の約束だから、「もしかしたら先に来て待っているかも知れない」と思いながら、私達の家に向かいました。この間二人で過ごしてから、今日またここで過ごすための空間がまるで続きのように、いつものままで静かに二人を待っていました。

いつものように貴方のスリッパを出して上がる。いつも貴方が座るところ、貴方がいた座ぶとんの窪み、貴方の椅子、二人で上がった階段。私が側に来るまで階段下で私を待ってまで、階段はいつも一緒に、お互いの腰に手を回して、身長が違うので歩きにくいのに、なぜかいつもそうして上がった。

二階の洗面所、貴方の櫛、歯ブラシ、使いかけの石鹼。バスルーム。いつものままの寝室、私達の寝室。

貴方のいない二人の寝室、かすかに貴方の香りがする枕、ガウン、バスローブ。貴方の声が聞こえます。あんなに一生懸命私を愛してくださった貴方の声。笑顔、貴方の気配。さっきまでいたようなベッドの微かな窪み。じゅうたんに残った貴方の足跡。貴方、貴方、逢いたい、そばにいて。貴方、貴方、泣きました。

泣いても、泣いても、貴方はいない。もうどんなに待っても貴方はいない。

「そんなに泣くなよ。一美、そんなに泣かないでくれ」

貴方の困った声が聞こえる。

◇

東京駅から長い地下道を歩いて、地下鉄に乗り換えた。しばらく走ると電車は地上に出、大きな川の上に架かっている鉄橋の上に出た。川は割と大きく、昨日と明日との境界線のようでもあった。

私は、掃除道具の入った小さな荷物を手に新しい日々が始まろうとしている町の駅にとん、と降り立った。何の期待も不安もなかった。夏にしては爽やかな天気だった。

駅前の小さなロータリーの真ん中に、可愛い名前が付けられた小さな鳩の像があった。穏やかで平和な明日が出迎えてくれたように思った。

生まれたばかりのその町は、空が広くてふわーっと明るかった。

広い道路を路線バスに乗り、海寄りの、新しい家がある住宅地に向かった。

造園されたばかりの敷地には苗木が沢山植えられ、新しい黒土がもこもこ掘り返したように香っていた。未知の家のドアを開け、新しいノートの一ページ目に何かを書きはじめる時のような小さな緊張感と、鼻歌まじりの長閑な愉しさを織りまぜながら、新しい建物特有の香りの中で、掃除をした。

昼下がりの海風が、床と天井と壁だけのがらんどうの家の中を、通り抜けて行った。

後日、引っ越しをして来た頃、町は選挙で騒がしかった。それでも住み着いたばかりの私達には選挙権もなく、さほど関心もなく、騒ぎとは無縁に、荷物の整理もそこそこに、毎日、ぶらりぶらりと近くを探検と称して、怠け者よろしく、散歩ばかりして過ごした。

九月の声を聞き二学期が始まって、娘が学区の小学校へ転入し、普通の生活に戻っていった。

新しい住宅地には、一軒、一軒明かりが増えていき、昼間の公園には子供達の姿が段々と増え、日毎に、まだ何もなかった新しい土地に生活の気配が根を下ろしていった。

幾つかあった高層マンション以外には高い建物もなく、窓から見える景色は広々として、風が駆けていくのがよく見えた。

夕暮れ時には富士山が、ぼかしの入った茜色を背に綺麗なシルエットを見せた。安藤広重の浮世絵に江戸末期のこの地からの富士山を描いたものがあって、この夢か現実か判らないような覚束ない地面に、やっと歴史的、地理的時間と自分とが関係したようなしっかとした感覚を覚えて安心した。

この絵葉書は永く部屋に飾ってあった。

海に近い川には満ち引きがあり、お天気のいい日は特に、川面の美しい波形を楽しんだ。川の水の色が空の色と深く関係していることも初めて知った。

冬に向かう頃になると、急に視界が鮮明になり、遠くに見える東京のそのまた向こう側に突然山並みが現れ、関東で育っていない私はびっくりした。

春ともなれば、広々とした葦原のところどころにあった水溜まりに沢山の蛙の卵が現れ、立ち入り禁止の柵を無視して入り込んだ、長靴を履いて、バケツや空き瓶を手にした子供達の歓声があふれ、大人達もそれを横目にそ知らぬふりでそばの道を行き交った。

葦の原の中ほどには、初めて見る雲雀が飛び立ったり降りたりし、雲雀は戻って来る時、決して自分の巣の側には降りないということも、ここで知った。どこまでも、空は広く、青かった。

何もかもが、目新しく、伸びやかで、いつの間にかここが気に入っていった。何とはなしに、心地良くなっていった。「ここにずっと住めるかも知れない」と思うようになっていった。創るという作業の持つエネルギーが私の性分に合った。

日々が、何事もなく一枚ずつ平凡に、カレンダーを捲るように過ぎていった。その傍ら、周辺の風景は、忙しくその姿を新しくしていった。新しい町が出来上がってゆく鎚音がトンカン、トーン、トンカン、トーンといつも遠くで聞こえていた。

そんな頃、私達は突然めぐり逢った。今度の別れと同じくらい唐突で、突然だった。予期せぬままに出逢い、二人は恋に落ちた。少し時が経って二人でこのことを思い出して話したとき、

「お前に一目惚れだった。お前は際立って輝いていたよ」と笑った。

「この女性を自分のものにしたいと思ったよ」と恥ずかしそうに言って、「お前が惚れてくれてうれしい」と愛おしそうに両の手で包んでくれた。私は「惚れる」という言葉を不思議な気持ちで聞いていた。

貴方の大きな腕の中は暖かくて柔らかくて、特別なところだった。その中にいるときは、私はあらゆる生きものの雛になったような気分だった。何にも考えず

ただ幸せだった。安心して、信じていられた。

私といえばあの初めて逢ったとき、その感覚がなんなのか判らないまま、ニコニコ笑って私を見ているその人に魂が魅せられていた。私という人間の中心の部分を覗き込まれているような気がしていた。どうして私の内側を観ているのだろうと思った。

世の中の男の人の誰かを好きになるなんて夢にも思ってなかったのに、ほんの数秒で恋に落ちてしまった。私も一目惚れだった。そのときはまだ気付いていなかったけれど。

思えばあの出逢いこそが突然だった。突然の出来事だった。

◇

町に、大きなテーマパークが出来た。開園前に、関係者が招待された日、お祝いの人で溢れるそこへ、貴方は私を連れて行ってくださった。

出来たばかりの園内を、一日見学し、夜には〝ナイト・オブ・サウザンド・スターズ〟という開園を記念する特別なプログラムが用意されていた。こんなすごいショーが見られるなんて、と驚き楽しんだ。

後に、あの夜出演した超一流のエンターティナー達は、そのためだけに来て、帰ったんだと、聞いた。スケールが違うと思った。

今でも、そこは特別な雰囲気に包まれてはいるが、その夜は、なんともファンタスティックだった。

何もかもが終わって遊園地を背に歩き始めた時、貴方が突然、くるりと振り返った。つられて振り返ると、夜の闇の中に、小さな電球を連ねたイルミネーションに縁どられ、そこだけほっと明るく浮かび上がった。夢かと見紛うような、つい今し方までその中にいたことが嘘のように綺麗な風景が、深い、濃い藍色の中に輝きを放って在った。

貴方は、澄んだ、何かを憶うような目をして、

「夢だったんだ」

とそこにいる誰に言うともなく、噛み締めるように、祈るように、ぽつりと言った。

振り返って、感慨深げに眺めている少し寂しげな背中をした貴方の姿も含めて、あの夜のあの風景は決して忘れられない。

「大きな夢を叶えた人がここにいる。夢って叶うんだ」と思った。

私は、足元を見ながら、綺麗に敷き詰められている煉瓦の、たとえ一つでも無神経に踏んでは歩けないような気がした。

何もかも美しかった。この世で、美しいものを見た。一途な意思の美しさを見た。愛とか、恋とかいう種類のものではなかったと思うけれど、心が震えた。

遠くで私の名が呼ばれた。「さよなら、またね」と言う貴方の目が優しく私を捕らえて、微笑みかけていた。

夜風が頬に心地よく、私の体の中をさざ波のように、駆け抜けていった。

二人ともまだ若かった。貴方の忙しい仕事の合間を縫って、よく逢った。時には逢うために待った。待っても逢うことができるのならいいと言う私に「悪いなあ。すまないなあ」と言った。でもほとんどいつもは時間ぴったりにいらしてくださった。

二人でよく東京に行った。初めてデートしたのは七月、貴方のお誕生日の二日後だった。美味しいものを沢山食べなさいと言ってくださるんだけれど、私はいつも、貴方の顔を見ると、ほっとして、胸も、お腹も一杯で、ちっともいただけなかった。

「人間は、沢山食べられないようじゃ駄目だよ」といつも言われた。物すごく、緊張してお箸も上手に使えなかった。普段は器用な私だったのだけれど。

それから数えきれないくらい二人で逢ったのに、いつまで経っても、食事の時は、胸が一杯で、相変らずお箸も上手に使えないままだった。なぜか貴方の前では、一番出来の悪い私しか見せられなかった。

それに比べて貴方は、何度逢っても本当に姿勢がよく、礼儀正しかった。ある時、そう言ったら、

「家はおばあさんが豪快なんだったからねえ」と、答えになるんだかどうだか判らないことを言って、彼女の数々の武勇伝を話してくださった。きっと、そのお祖母さまが良い躾をされたのだろうなと思った。

かと思うと、「煙草は、小学生の時に止めた」などとおかしなことを言い、私は思わず笑い転げたが、小学生の貴方が煙草を吸っている姿を想像しても、思い浮かばなかった。

「イガグリ頭で、ぶかぶかの半ズボンのウエストを、丈余りのベルトで、ぎゅっと縛って鼻水なんかは袖で横向きに拭い、年上の悪童仲間達と海を眺めながら生意気に大人の真似をして煙草を吸っていたの。こんこん咽せながら」

「あはは、イガグリ頭じゃなかったよ」

「あの頃はね、海苔を採る人達は冷たい海に手を入れて採ってたんだよ。観ていて、とっても大変そうで、何とか海苔採りの作業が機械で自動化出来ないものだろうかと思ったよ」

「あの頃、一美はまだ生まれていなかったんだなあ。そんなお前を好きになるなんてね」

「そう言えばそうね。早く歳が追い付くといいなあ。私は早く貴方と同じ歳になりたい」

私は、早く歳を取りたかった。貴方の横では幼い自分が恥ずかしかった。並んで絵になる二人になりたかった。

私が知らない遠い時間に、嫉妬した。

デートと言えば、楽しい光景に出くわしたことがある。いつも車は、私が運転した。ある日、というよりある深夜、帰りの車の中は、なるべく眠るように勧めていたので、貴方は多分眠っていた。私は、帰路を慎重に運転していた。突然、普通の道路なのに、目の前を新幹線が横切っているのだ。私は我が目を疑った。一瞬、この世以外のところに来てしまったのかとさえ思った。

「なんだろう、なんだろう、まさか、まさか」と思って何度も目を擦っても見たけれど、確かに、いつも通る普通の道路を、巨大な新幹線がゆったりと走っているのだ。

私は、貴方を起こしながら、「凄い、凄い」と奇声を発して、珍しい物を見た嬉しさに、興奮ぎみだった。

後に、どうやらそれは、新幹線車両の輸送だったらしいことが判ったのだけれど、何もかも知っていて、貴方は、「そんなことで、興奮したり、喜んだりするお前の方が面白いよ」と言わんばかりに、目で笑っていた。

貴方が遠くへ逝ってから、少し時間が経ったけれど、まだ私は東京の夜景を見ることが出来ない。

二人で行った所を訪ねることが出来ない。いつも二人で行く所だった所へ、一人で行くなんてことはきっと出来ない。もし行って、そのとき自分がどうなるかと考えると、恐ろしい。

長い間、仲良くしていただいた方達に、お礼も言いたい、想い出話もしたいと、思いつつ、行かないままでいる。

いつでも貴方と一緒だった私。一人でなんて何も出来ない。何でも出来ると思って来たけれど、何も出来ない私だったのだと気が付いた。

箱庭のような東京の夜景、その中にいた私達、高い所から見下ろしていたり、その中を車で走っていたり、愉しいお喋りをしていたり、美味しいお料理をいただいていたり、素敵な素敵な場所だった東京。もう行けない、行くこともない、行く必要もない。あの場所で私が来るのを待っている貴方がいないから。

神様、私は何か悪いことをしたのでしょうか。

私からあの人を取り上げないでください。私に、大切な人を返してください。

東京の景色をテレビや雑誌の中に見るたびに、心が悲しくて震える。風景が何か話しかけているような気がする。景色の中に貴方を思い出し、そのときの会話が蘇ってくる。

貴方といたとき、私は幸せだった。


仲がいいほど喧嘩する、とよく言うけれど、貴方とは、ほとんど喧嘩をしたことがない。

時々私から持ちかけても、貴方はまるで取りあわない。「喧嘩しても、仕方がないだろう。仲よくしよう。お前との間に、喧嘩するようなことはないよ」と言う。貴方の性質をよく判っていたから、「ふーん」と言って止めた。

でも私が少し改まって、「お話があります」と言うと、普段は男っぽく、大人っぽくふるまっている人なのに、貴方の心臓に耳を当ててみると、ドッキン、ドッキン、普段より大きく脈打っていたのを私は知っていたから。

私だって喧嘩なんて嫌いだったたし、せっかくの大切な時間に、喧嘩なんかするのは勿体なかった。それに、本当にそんなに喧嘩の種もなかった。いつも優しくて思いやりに満ちていた。こんな優しい人がこの世の中にいたんだ、と思うことの方が多かった。

本当の喧嘩なんて、もしかしたら一度もしなかった。時々貴方が、拗ねて、むっとすること以外は。

「時間は創るものだよ」と教えてくださった。約束を破ったことは一度もなかった。

「逢わないとお前が寂しがるから……」と私のせいにして、いつも、いつも嬉しそうに来てくださった。大変な仕事をしていたから、私といるときは、やすらいで欲しかった。困難なことを忘れてのんびりとして欲しかった。そう思わせる人だった。二人でぼーっとして、なるべく楽しい話をした。限られた大切な時間だから楽しくないことは話題にしたくなかった。

どうしてもしなくてはいけないときは、嫌な話をはじめに短く、そのあといい話をたくさんした。どんなに嫌なことがあっても貴方といると不思議と忘れた。逢った瞬間に忘れた。貴方は輝く目をして、これからの夢の数々を語ってくれた。人に対して、優しい、忍耐強い人だった。遠い未来の見える人だった。社会的創造力のある人だった。

難しい問題は私達の前に山とあったけれど、私達は幸せだった。「何事も、あんまり慌てて、事を運んではいけない」とおっしゃっていた。二人が向き合っている時間はひしひしと幸せだった。

子供のように恋をしていた。命がけで働いているこの人を、何もかもひっくるめて、命がけで支えてゆこうと思った。「貴方の一美」以外の私を捨てた。主役は一人しかいらないと思ったから。

もしかしたらあのとき私は、今日の日を選択してしまっていたのだろうか。それともやっぱり何かの間違い。

知らせを聞いた夜、夢を見た。

貴方が逢いに来てくださった。忙しそうに走り回っている様子で、「間違いが起きたらしいんだ、生きているからね、今、調べさせているから」、一週間か十日くらい夢の中にいてくださっていた。その頃、毎朝目覚めると貴方の気配が残っていた。

◇

めぐり逢ってから、初めての夏、私達は愛を確認した。愛しあっていることに気がついた。愛することにも、愛されることにも、自信はなかったけれど、気がついたら貴方の愛に埋もれていた。

愛しくて、声が聞きたくて、震える指で時々、思いきってダイヤルを回した。何回目かのとき、「電話の時間を決めようか。気になって仕事が手につかないよ、でもないか」なんて、恥ずかしそうにそういって、私達は電話をかけ合う時間をきめた。

それから毎日電話がかかって来た。私からかける時は、心臓が破裂するのではないかと思うくらいどきどきしながら、ダイヤルをまわした。何度かけてもどきどきした。何十回かけても、何百回かけても、どきどきした。

二人の間で電話はとても大切だった。毎日、他愛ないことを話した。平凡な普通の話の中にお互いの今日を知った。天候のこと、晴れて気持ちがいいとか、風が爽やかとか、花が咲いたとか散ったとか、それぞれの健康状態、楽しいか、悲しくないか、困っていないか、今日は何をするのか、これからどこへ行くとか、たった今、どこから帰って来たとか、誰と逢って、どんな話をしたとか、いいことを思いついたとか、今度いつ逢おうかとか、何でもない話。

お互いの声の中に愛を、体調の良し悪しを確認しあった。忙しいときは、ほんの数秒の会話だったかも知れない。それでも逢えない日は声を聞くことが大切だった。恋しい、愛おしい貴方の声。静寂の中でじっと耳を澄ますと、今も声が聞こえる。「一美、元気か、大丈夫か」

ずっと前のも、ついこの間のも。みんな、優しい、安心な貴方の声。

◇

そうしたある年の夏の朝、七月十八日、月曜日だった。

K病院交換台より電話、本人に代わる。「病院に来ているんだ。後でまた」と言って電話はきれた。

どなたかのお見舞いなのか、ご自分のことなのかすぐには判りかねた。交換台をとおしてかけてくることはこれまで一度もなかった。

そしてその後、三日間電話がなかった。二人にとって、何も連絡のない三日間というのは初めてだった。電話機を見つめ、連絡を待って、心配して、疲れ果てた。四日目のお昼、やっと電話がかかって来た。

「あの電話のあと、T病院に転院し、やっと熱が下がったから心配かけたけど安心して」と言う。

それからまた四日目に電話。

思えば、今年は桜花の頃から妙にどんよりと気分が重かった。訳もなく不安で、悲しかった。こんなことが控えていたからだったんだなと思う。何もしてあげられないから、せめてもと、一途に快復を祈る。

だんだん、電話の回数が増え、お昼と夜の消灯の前に一時間ずつおしゃべりするようになった。こんなに永く話せたのはこれまでなかった。悲しい出来事ではあったが、長く話が出来た。人並みにゆっくり、こころゆくまでおしゃべりが出来るいい機会にもなった。段々声が明るく、力強くなっていった。

「こんなことになって驚いたか、嫌になったか」と言って心配する。私の心は変わらないのに。少し元気になると、相変わらず、いろいろと指示をする。「お前も病院に行って検査を受けて来なさい」とか「本屋に行って、『実業の日本』『財界』を買うように」とか「絵を見て来たら」「美容院に行って綺麗にしてきなさい」等。本当にこの頃、初めてのんびりと、多分普通の恋人達がするような会話をしあった。

二週間目の八月一日、また月曜日。貴方に頼まれた書類を持って病院に行く。色々な人がいる病院にパジャマ姿の貴方を見るのは、不思議な感じのするものだった。病気になったら普通の人と同じなんだと思った。妙だった。

八月四日。木曜日。十一時、病院に行く。思いがけず病室に入れてもらう。ドアの前で白い大きな、後ろで紐を結んで体をすっぽり包むエプロンのような白衣と、顔が見えなくなりそうな大きなマスクをさせられて、久しぶりなので、ちょっぴり恥ずかしく、「こんにちは。こんな格好をさせられちゃった」と言ったら、「そんなもの取っちゃえ。顔が見えないよ」と言うので、二人で笑いながら、白い武装を解いた。

ひさしぶりに逢う貴方は、ずいぶん痩せていたけれど、血色もよく、何かが、若く、別人のように見えた。驚いたことには、髪が真っ白になっていた。そして白いけれど、いつもとは違う、星の王子様のような髪型になっていた。「うふっ、可愛い」と思った。

小さな病室の、部屋一杯にお見舞いのお花が所狭しと競い合って薫っていた。その中で、ベッドの上に胡座をかいた貴方は、硝子細工の子供の像のように美しく、繊細だった。

私は、おそるおそる、話題を選んで話した。貴方は「いろんなことが、解決していく。休むのもいい」と言って、優しく笑った。

帰るとき渡された封筒に手紙が入っていた。最初で、今となっては最後の、たった一度の貴方からのラブレター、震える手で丁寧に書かれた貴方からのラブレター。今でも大切な私の宝物。これからはもっと大切になるであろう私の一番の宝物。

夜、電話をしたら、うとうとしていた。少し寝ぼけた声を聞きながら、眠っている姿を想像しながらおしゃべりをしていると、無性に愛おしく思えた。入院以来、今夜初めてシャワーを浴びると言う。本当に少し良くなったということだなと思って嬉しかった。

「書いてあったこと、判ったか」と聞かれた。簡単に感想を言えないほど私は嬉しかったので、ただ「うん」とうなずいた。

毎日、毎日電話で話し、時々病院に逢いに行った。日毎に元気になってきて、入院しているのに、忙しくなってきた。私はまた、得体の知れない忙しさに嫉妬した。

「お前が嫉妬することはないだろう。大船に乗ったつもりでいろ」と笑われた。

「退院したら、また、ばりばり働くからな」

またもや仕事をすることに意欲満々になってきた。電話をしても話し中が多くなってきたし、話し中でも電話がかかってくるようになった。病院からでも仕事の指示を出していた。「やれやれ」と私はむせ返る花の香りの中で、複雑だった。

八月六日。土曜日。快晴、風。

昨日より風が強い。

昼となく夜となく、長話をしているので、他の電話が繋げないと交換台から注意を受けたらしい。こんなことで、誰かに叱られている姿なんて想像出来なくて少し、おかしい。残念だけれど、これからはお喋りを短くしようと言いつつ、相変わらず、話し込んでしまう。

八月十日。手渡す物があって、十一時に病院に行く。検査中だった。待つ。ロビーで窓の外を見ていたら、突然のスコール。

なおかつ待つ。三十分くらいした頃、廊下の向こうから、トッタン、トッタンと歩いて来た。嬉しかった。

貴方は待っていた私を見つけて驚いたみたいだった。書類を渡して、随分細くなった後ろ姿を愛おしく思いながら見送って、そして帰った。

この夜、朝の書類の件で呼ばれてまた病院に行く。貴方にこんなにも愛されることに幸せを感じながらも、この愛のあり方に一抹の不安も感じる。貴方の溢れるような愛を信じてはいたけれど。私はそんなに大きな器だろうかと。そんなに大人だろうかと。

八月十一日。木曜日。

これからの、療養予定を聞かされる。「あと二ヶ月も耐えられるかしら」と、思わずばかなことを言ったら、「我慢出来なきゃいいよ」って少し怒らせてしまった。

その頃からは日に日に退屈との闘いになっていったようだった。

貴方は長嶋監督と巨人軍の大ファンで、特に長嶋監督に関しては、ファンクラブに入るほど尊敬していた。巨人が勝っているときは気も紛れ、とっても機嫌が良く、嬉しそうだった。

野球のことを何も知らなかった私が、とんちんかんな質問をするのが、楽しかったり、おかしかったりするらしく、面白そうに、得意そうに、教えてくださった。昔、どんなに一生懸命、野球をしていたか。懐かしそうに話してくださった。「若くて、一心に野球をしている貴方を見たかった」と言うと「そうだね。でも、それぱっかりはもう見せられないね」と笑った。「ビデオに撮ったものはないの」「あの頃のビデオテープはないだろうね」「足が長くて、かっこ良くて、きっと沢山の女性に持てたのでしょう、口惜しいな、私は見ることが出来なくて」「口惜しいか、わっはっは」

世の中の出来事から、楽しい話題を見つけてなるべく健康的な明るいことを話した。私のことも心配になるらしく、「あそこに行ってみたら、ここはどうか、こんなことをしたら」と病院のテレビで仕入れたらしいことを何かと勧めるのだった。

天候不順の夏だった。雷と稲光りと雨の多い夏だった。

八月十八日。木曜日。

朝、足の治療中に電話してしまう。痛くて大騒ぎしていた。夜病院に行く。足の傷を切開したとかで、包帯が大きくなっていた。五・五キロも痩せたという。今日でちょうどひと月目。「ひと月か、早いなあ、お前には永いか」と聞く。「波瀾にとんだ一ヶ月でした」

八月二十日。土曜日。

明け方早く目がさめる。夢を見ていた。昼間、ピサに買い物に行く。電車の中で、朝の夢を思い出していた。ボーッと思い返しているうちに、はっと思い、あそうなのかと思ってしまった。夜、電話で「いい夢を見たの」と言ったら、「人間はいい夢を見るようでなくちゃいけない」と言われた。本当にそうだ。いい夢を見たり、未来を信じたり、幸せになるように努力して生きていかなければ。

このところ、毎日、足の傷がひどく痛む様子。「どうしたの。何の傷なの」と聞いたら「一美が蹴飛ばした」と言う。本当にそうなのかしら。覚えがないのだけれど、もし本当にそうだったらどうしよう。本当に……心配。

今日は私の誕生日。朝から夜になるのが楽しみ。

夜、八時、病院。今日の看護婦は少しいじわるな人。貴方にそう言ったら「本当はここは誰も入れないんだよ」と軽く笑って聞き流された。「お誕生日おめでとう」のキスを、大きな鳥の小さなついばみみたいなキスをくださった。貴方が凄く痩せたのが心配。もう少しくらいは太らなくっていいのかなあと思うのに、私のことばかり心配する。

「綺麗になれ。綺麗になれ」という。「お前を綺麗にしてあげるよ」という。「誕生日のプレゼントは何がいいか」と言うので「貴方が健康になることが一番のプレゼント」と言う。「そうか、じゃあ元気になったら二人でお祝いをしよう。そのときにプレゼントをしよう」

八月二十七日。土曜日。

夜電話する。うとうとしていた。近ごろは食事が美味しくなってきたと言う。嬉しい。きっと快復してきた証拠だ。写真を見たがるので、明日の朝届けることにする。

貴方が入院してから、禁酒をしていたら、本当にお酒が飲めなくなってしまいました。

私が待ちくたびれて、気が変わらないように、いろいろと考えてくださる。指示されたことをし、病院に行ったり、電話で報告したりしながら、日々を過ごす。

九月十四日。曇り。

待ちに待った、退院の日。朝十時過ぎに電話する。元気な、嬉しそうな声をしていた。よほど嬉しかったのだろうと思う。「昨夜は眠れなかった」と言った。

まるで遠足の前の子供みたい。本当に可愛い。明日、ほんの少しだけ、逢う約束をする。本当に、本当に退院おめでとう。

翌日と翌々日、短い逢瀬。「しばらく思うようには逢えなくて残念だけれど、我慢して待っててくれるか」と言う。昨日も、今日も「なんだかとっても綺麗に見える」と言う。嬉しいけれど夜目のせいだったかも。

◇

信じたくない気持ちを打ち消して、信じなくてはいけないと自分に言い聞かす。頑張らなくてはと思いながら、頑張っても見ていてくれる貴方はいないと気持ちが萎える。あの夜の約束どおり追いかけてゆこうか。約束の場所で、来るはずの私を「どうしたのかなあ、遅いなあ」と待っているのではないかと心配になる。約束をしたから気になる。貴方は約束を破らなかったから。「約束は守らなくってはな」っていつも言っていたから。

私の幼い頃、父や母が「可愛い、綺麗だ」と言って育ててくれた。小さい子供の頃の話だけれど、ずっと自分のことを可愛いと思っていた。

鏡を見ることや、母の留守中に、こっそり口紅を塗ってみては拭き取りきれずに、必ず見つかる、少し間抜けな、おませでお洒落が好きな女の子だった。

中学も二年生くらいになると、友人達の中には恋文らしきものを受け取る人もいた。

私は、自慢出来ることではないけれど、一度も受け取ったことがなかった。その時やっと気が付いた。親が「可愛い」と言ってくれるのは世間の評価とは別の性質のことなのだ、と。

その頃、何かのついでに父に、

「もっと綺麗に生まれたかった」と私は言った。父は「外見に捕らわれる心の粗末さを恥じなさい。美しい心は外側をも美しく輝かせてくれるのだよ。一美の顔は年を取るほどよくなる顔だよ」と諭された。

毎週のように、遊園地でのスケッチ大会や、昔はよくあった子供の絵画コンクールに連れて行って、絵を描くことで、自分を見つめることを教えてくださった。子供ながらに、苦しんで苦しんで絵を描いたものだった。その父も今はもういないけれど。

一つだけ美しくなる方法がこの世に在ることを知った。美しい心を持った人になろう、と幼くも、単純な私は、素直に反省した。ずっと先でいつか、美しいと言われる人になっていようと思った。

それからも、ずっと私は綺麗な人が好きだった。相変わらず私は普通で、特別に美しくも、可愛くもなかったけれど。

貴方はそんな私に気づいてくださった、愛してくださった。そしていつも、「綺麗だよ。お前は光り輝いている」とか「美しいから一目で判る。お前が自慢なんだ」などと、言ってくださった。くすぐったかったけれど嬉しくもあった。

懐かしい感覚が蘇った。努力を忘れてはいけない。せっかく励ましてくださっているのだから、毎日、頑張ろう。そしていつか本当に美しくなろう、と思った。私だけの美しさ、この世に一つしかない、貴方のための美しさ、そんな私で輝いていたいと思っていた。そんな私を、貴方はいつも幸せそうに、静かに微笑んで見守ってくださっていた。「自分の好きなことを思いっきりしなさい。美しいことがいいな、一美には美しいことが似合うよ」と言ってくださっていた。「幸せになれ、もっと幸せになれ」と言ってくださった。

◇

理由がよく判らないまま、思うように二人が逢えないことが起こり始めた頃、ある日の電話で私は怒った。久し振りにかかって来た電話なのにもかかわらず、めずらしく私は「本当のことを話して欲しかった」と言って悲しくて、怒った。

次に逢ったとき、病名のこと、なかなかよくならないことなど、話してくださった。ちょうど今頃だった。電話で呼び出された私は早く春が来て欲しくて、少し古いけれど綺麗な桜色のスーツを着て行った。

桜色のスーツを着た私を見るなり「おっ」と目を輝かせて両の手で自分の頰を上から下へなでて「痩せただろ」と言って笑った。

私は黙って首をふった。そうして話してくださった。そうだったんだ……と思って消えいるような声で「そうですか」と言った。

痛ましかった。何と言っていいか言葉が見つからず、可哀想で抱き締めてあげたかった。「あんなに忙しかったんですもの、病気にもなりますよね」と慰めたり、励ましたりしたい気持ちで言った。それでも話してくださったことが嬉しかった。なんとか私が守ってあげたいと思った。

帰途、本を買って帰って、その病気について読んだ。医師だったらよかったと思った。これからこの人の病とどのように闘っていくのか、私にできることは何なのか。何かしてあげられるのか。私がこの病気を食べてしまいたかった。

そうしてふたりの闘いがはじまった。なま易しいことではなかった。楽しい恋人同士ではいられなくなった。辛かった。でも一番辛く、口惜しかったのは貴方だった。魔法とか、おまじないとか、何でもいいから縋りたかった。出来ることなら代わりたかったけれど、それも叶わず、辞職までの数年間、病状は一進一退をくり返した。

その時期は今になって思い返すと、重い息苦しい日々だった。


病がなかなか快復しなくって、あんなに大好きだった、命がけで働いていた仕事を辞した。

どんなにか、もどかしく、口惜しかっただろうと思う。そこに到るまでの数年間の病気との闘い。

そんな中でも私のことを忘れないでいてくださった、苦しいだろうに、「寂しいだろう」と時々逢ってくださった。そして「お前のことだけが心配だ」と言うのだった。私は貴方のことだけが心配だった。私も何もしてあげられなくって辛かったけれど、貴方はどんなに苦しかったかと想う。

永い間、何より愛し、一生懸命に取り組んでいた仕事から離れ、闘病した。掠れたようなか細い声で、ときどき電話があった。「元気か、大丈夫か。お前のことだけが心配だ。また電話するから」私はこの頃、極力外出を控えた。

◇

半年後、貴方は電話で「行くよ」と言ってくださった。驚いた。大丈夫なのかなとは思ったけれど、飛び上がらんばかりに嬉しかった。こんな日を信じて、待ち望んではいたけれど、実際にその日が来るとは思いにくかった。もうこの家で一緒に過ごすことはないかも知れないとも思っていた。

反面、いつか、晴れた気持ちのいい日に、きっと元気な明るい笑顔で「やあ」と帰ってくる。と強く感じてもいた。

約束の日、時間になっても来なかった。約束の時間どおりに来るはずの人が待てど暮らせど来ないので、心配した。

少しむっとした顔で一時間おくれて来たときには、「景色があまり変わってしまって見当がつかなかった。探すのに時間がかかった」と言った。風景が変わるほど、そんなに永い間病気だったんだなと思いながら、可哀想に一時間近くも探したのだろうなと思った。

電話してくださったらいいのにと思ったけれど、そんなことでは電話などしない人だった。

貴方の腕の中は、永い間病と闘っていた香りがした。初めてのときのキスと同じように感動して体が震えた。何も変わらず、何年もあったのに以前と同じだった。またこうして逢えたことが嬉しかった。夢のようだった。「これからは、お前がいればいいよ。二人で仲良くやってゆこう。お前を大切にするよ」と貴方も安心した様子だった。

やっと二人きりになれた気がして本当に嬉しかった。永い間仕事と病気という怪獣が二人の間に棲んでいたから。とりわけ貴方はその魔物のような仕事が好きで、責任を感じていたし、怪獣との闘いにはなかなか勝つことが出来ないでいたから。それでも二人は本当に仲良しだった。「私のどこが好きなの」「お前の心が好きだよ」「私は貴方の全部」

◇

貴方は強い、心身共に我慢強い人だった。

病と闘いながらも、いつも周りの人達のことを気づかい、私のことも忘れずにいてくださった。苦しさに耐えて仕事の場で踏ん張っている貴方を見ているのは、震えるくらい恐ろしく、見ている方が、胸がつまりそうに辛かったけれど、私にはなすすべがなく、じっと見ているしかなかった。何が起こっているのかしっかりこの目で見とどけるしかなかった。

貴方は、元気なときも、体調を崩してからも、この街を本当に愛していた。何よりも命が一番大切だと思いながらも、「命の方が大切です」と言えないくらいに、真剣に取り組んでいた。この街に暮らす人達が好きだった。仕事を愛していた。よかれと思う結果を導くためなら、どんなことにも耐えていた。一生懸命、働いている自分自身が好きだった。

この街の隅から隅まで、目隠しをされていても、命ぜられるままにぴったりと歩けたと思う。そしてその隅々のどこに誰が住んでいて、その家族はどんな人たちかまでもよく知っていた。「皆いい人だねえ」といつも言って多くの人達を愛していた。

特に高齢の方達のことは、早く亡くした自分の両親に孝行するような気持ちで接しているんだと嬉しそうに話していた。皆が幸せに、快適に暮らせるようういつも心を砕いていた。

木々の一本一本をも知っていた。通りの街路樹の下草の種類まで知っていた。陰の苦労を人に見せない人だった。そんな貴方を私は大好きだった。心の底から尊敬し愛していた。二十年間、本当に幸せだった。あれが幸せというものだったんだと、しみじみと感じる。一度も気持ちを裏切られたことはなく、一瞬たりとも後悔したことはなかった。たとえ今、二十年という時間が逆さまに巻き戻されても、私は迷うことなくまた同じ道を選ぶと思う。

特に、この三年間は、二人の二十年間の中で、出逢った頃のように幸せな時間だった。

「今が一番幸せ」と思っていた。いろんなことに打ち勝ってやっと巡り来た穏やかな時だと思っていた。忙しい仕事に従事していた頃、その合間を縫って、私と逢ってゆったりとした時間を持つことが一番の安らぎだと言っていた。そこから活力が生まれると言っていた。それが今は明日の時間を気にすることなく、もっと心置きなくゆっくり出来た。本当に嬉しかった。

その他のことは皆遠くへ押しやって二人のことだけを見つめあった。お互いに相手のことを考えた。今までロスした何かを取り戻すかのごとく、たくさんおしゃべりをした。世の中に何があっても、どんないやなことが起こっても貴方がいれば幸せだった。これまで出来なかったことをいろいろした。貴方は目に見えて元気になった。

子供達も交えて折々に会食をした。子煩悩で優しくって子供達が楽しそうにいろんなことを報告するのを「よかったね、偉いな、また頑張れ」と言って目を細めた。本当にほめ上手で、深い、大きな愛を持った人だった。

私はといえば、この幸せな時間がいつまでも続くよう願った。生きていることを二人のためだけに使った。もっともっと貴方が健康になるように祈った。

お互いのためだけの二人でいたかった。私達の幸せな時間がずっと続くように願った。逢っても、逢っても、もっと逢いたかった。私生活の場では穏やかで、寡黙な人だったけれど、ときどき、おやっと思うようなことや冗談などを言うようになった。冗談を言い慣れない人の冗談は、聞いている方にとっては初めドキッとするし、少し変で可笑しかったけれど、楽しかった。本当に幸せだった。幸せな私に「遠慮するな。もっともっと、思いっきり幸せになれ」と言ってくださった。私にとってこれ以上の幸せはなかった。


二人でいると、数々の時が蘇った。

「いろんなことがあったね」

必ずこの言葉がどちらかの口をついてでた。永い時が経っているのだからいろんなことがあって当たり前のことなのだが、なぜか二人にはこのことが感慨深かった。

「お前と永いなあ。二十年は永いなあ。好きじゃないとこんなに永く続かないよね」「私が好きだったからよ」「おれも好きだったよ」

私達はお互いに、自分の方が沢山愛していることを競い合った。私が、「大好き」と言うと「好きだけか」と問い、「すごく愛してる」と言い直すのを暗に催促した。

そして貴方は、二人の未来のために、私の明日を色々と、思い描いてくださった。自分で勧めておきながら、私が楽しそうに、色々と報告すると、「お前はそんなことをしていると、愉しいのだろう」となんとなく、私の取り組みに嫉妬するのだった。

特にこの半年くらいの間は時間との競争だった。ある頃から、「このところ、お前のことが可愛くて仕方がないんだ。何なんだろうね、この気持ち」と何度も言って、照れくさそうに笑った。そして大切そうに、愛おしそうに私をそーっと、壊れないように抱き締めるのだった。私は嬉しかった。あまり嬉しくって、このことの奇妙さに気がつかなかった。

これからは、色々な所に行こう、ここに連れて行こう、あそこへ行こう、と言い、私の故郷にも機会を見つけて二人で行こう、と言った。私は本当に、本当に楽しみで、嬉しかった。

この頃の貴方は、外出も増えていたが、出先から「お前が可愛いんだ、なんだろうこの気持ち」「今から来るか、一美どうする」とすこし酔っているのではないかと思われるような電話をしてくることが多かった。私は珍しいことを言うのは酔いのせいかと思い「あんまり飲み過ぎないでくださいね」と言った。「うん大丈夫だよ」と言っておとなしく電話を切ったが、今思うと、あの頃は妙に逢いたかったんだなという気がする。

どんなに夜中でも逢いに行けば良かったと後悔している。貴方の中で、残された時間が少ないということを何かが感じていたのではないかと思う。

家にいる時でも、二人のために家事をすることはちっとも嫌なことではなかったのに、私が一人で走り回っていると、大変そうだと思うのか、悪いと思うのか、いつの頃からか、家中の戸締まりをしてくださるようになった。中にどうしても貴方には閉められない小さい窓が一つあった。ちょっとしたこつがあるのだが、いつまで経ってもそのこつが摑めないらしく、戸締まりをしたあとで、いつも「あそこ、閉めた?」とその小窓だけは私の仕事だとばかりに聞く。私はいつも、そしらぬ顔で「閉めました」と応えた。

私の荷物を「何か持とうか」とも言い出した。少し前から私のパソコンを見て「俺も始めようかな」と言うので、楽しみで遊びのようなパソコン教室を始めていた。

もともと貴方の勧めで始めたパソコンだったが、意外にも私はパソコンと相性が良かった。そのバッグを持ってくださった。

まるで小さい男の子が、お母さんの荷物を持ってあげたときのように、得意そうに、嬉しそうに「重いんだね」と言って毎回持ってくださった。嬉しそうな貴方はとても可愛かった。

途中のままのパソコンも、私が行ったらまた続きをしよう。

◇

肉体と魂について私には本当のことは判らない。でもよく魂は不滅だという、永遠だと聞く。

この三、四ヶ月の時は私達が肉体のおしまいの時期を共に過ごしたのではなかったのかという気がしている。貴方は余りにも私に愛していると訴え、私も愛していた。体も、心も、言葉も、貪るように愛を求め合い確認しあった。いつもいつも切ないほど、愛を求め、与えあった。それは二つの魂がある時期を感じ取っていたのではなかったのかと、何の根拠もないけれど、今思える。

特に、先に逝く貴方の魂は一美と別れるのが辛くて、悲しくて心配で心配で、仕方がなかったのではないかと思う。置いていかれる一美の魂は言い忘れたことがないように、一生懸命伝えなければいけないことを伝えていたのだと思う。生身の私達は気付いていなかったけれど、きっと魂達は知っていたのだと思う。二つの魂は白鳥の歌を聴いていたのではなかったかと思う。

二十年の間一度も叱られたことがなかったけれど、この頃一度だけ、私の仕事のことで、語調きつく「早くしろ」と言われたことがあった。一番気にしてくださっていたのだろうに、なぜもっと早く、さっさと進めなかったのかと悔やまれる。一番貴方に喜んでもらいたかったのに。何に付けても、早くしなさいなんて一度もおっしゃったことはなかったのに、どうして、その緊迫性に気づかなかったのだろう。

突然独りでとり残されて、ほうり出されて、頭も心も混乱している私は、妙なことを感じているのかも知れないけれど、思い返すと、そう思える時間だった。貴方は見えなくなったけれど、魂は存在している。貴方はいままでどおり私の側にいる。ふっと香りがしたり、頬に感じが過ることがある。

ある日、「お前のことは、ちゃんと考えているんだよ」とおっしゃった。

次に逢った時に私は言った。「お前のことはちゃんと考えているとおっしゃってくださるのなら、私より先に死なないで。私の方を先に、少しだけ先に逝かせてください。絶対私を独りにしないで。貴方がいなくて、この世に生きて行くなんてことは考えられないから。もし貴方が私を置いて先に逝くようなことがあったら、私はすぐ追いかけます。その場で追いかけます」と言った。

「……ばかなこと言ってないで、二人で長生きしよう」と言って優しく包んでくれた。でも密かに少し嬉しそうだった。だから待っていると思う。

「約束したんだから、こうなった以上、一美は必ず来るぞ」って、きっと待っている。待たせたら悪いから早く行かなければ、早く行って貴方に逢いたい。どうすればそこに行けるのだろう。できることなら迎えに来て欲しい。甘ったれって言われてもいいから。

一方で、残った私には何かの役割があるのだろうかとも思う。貴方がこんなに急に逝ってしまって何か忘れてはいないか、貴方の代わりにするべきことがあるのではないか、貴方のためになら、この何の味気もない、取り残された世界にもう少し頑張ることができるかも知れない。

もう少し待っててください。私達の時間でもう少し、そちらの時間ではきっと一瞬。

◇

あれはもう本当に最後の頃だった。あの時は、最後だなんて思ってなかったけれど、最後から二番目の日だった。貴方は優しく、限りなく優しかった。めったに話さないご両親のことや、お姉様達の話をした。私は少し「あれっ」と思った。どうして今、私にこんな話をするのだろうと思った。思ったけれど、それ以上深く考えられなかった。

また、古い知人の三回忌があったこと、その奥様と語り合ったことなど話してくださった。

私は、「まだお若いでしょうに、残された方はさぞ、お寂しいでしょうね」と言い、心の中で、もし私だったら耐えられないだろうと思っていた。それから間もなく、こんなことになるなんて夢にも思わなかった。

あの時、貴方は確実に私の側にいた。そして暖かく息づいていた。

私達は、もっと永く二人で生きていけると思っていた。二人で例年どおり新年の挨拶をしたとき、「今年からは貴方のことだけ見つめていく人生にします。全部の時間を貴方のために使う、ご恩返しの日々にします」と言った。

「いいよ、そんな他人行儀なこと言わなくても」と言いつつ嬉しそうだった。とっても幸せそうだった。希望に満ちて、この先のことを語っていた。昔と何も変わることなく、深く優しく愛し合った。貴方の愛は、二十年ずっと変わらず、あえて言葉で表現すれば「感動的」だった。男の人の愛って、こんなに一生懸命なものなんだと驚いた。二人の間には絶対の信頼があった。

あの日、もともと優しかった人がそれ以上に優しかった。愛おしそうな目で、腰をかがめて、そーっと私を見つめていた。私は目を閉じて、眠ったふりをしていたけれど、そのとき、まるで耳の後ろに目があるように、貴方の顔が見えていた。優しいまなざしが見えていた。

幸せに包まれていた。

私達は「生きて、この世で巡り合って、愛し合うことが出来て良かった。本当に幸せだ」と話し合った。まるでこのことが分かっていたかのように。そして「いつまでも、いつまでも仲良く、幸せに長生きをしよう」と約束した。

私は、貴方の腕の中でぐっすり眠った。そして夢を見ていた。目覚めたとき貴方に見つめられていた。私は、「夢を見ていたの」と言ってその話をした。貴方は「おおう」と驚いて「お前は、霊感があるのだね。今、本当にその通りの状況なんだ。じゃあ起きてその話をしよう」と言って寝起きの悪い私を起こした。

私は眠らないことには強かったけれど、一旦眠ってしまうと寝起きが悪かった。なんだかんだと、無理難題を思いついて、時間を稼いでは貴方を困らせた。そういう風にまどろんでいるのも好きだった。

いつの頃からか、貴方は私の起こし方を会得したらしく、その時間を計算に入れて私を起こしていたようだった。何につけても私は貴方の想いの中だけにいた。

三月十三日。水曜日。

貴方が逝ってからもうすぐひと月。

あれからずっと春のような暖かいお天気が続いている。例年より半月くらい早く桜が咲きそうだ。

晴れ男だった貴方が、せめてお天気だけでも……と好天を残していってくださったのでしょうか。桜の好きだった一美のために。

貴方、逢いたい、寂しい。貴方は逝った。約束どおり貴方の所へ行けるように神様にお願いしています。貴方の側で、また人生の続きを始めましょう。約束の続きを一つずつ。

どこにいるの、何をしているの。貴方に逢いたい。貴方の声が聞きたい。貴方に逢いたい。今は夢にでも逢いに来て。今夜こそ貴方に逢えるかと思って毎晩楽しみに眠りにつきます。貴方、早く逢いに来て。夢でいいからいつものように私を抱き締めて。

綺麗な桜が路一杯に咲いた。

川沿いに、桜色の帯がつらなっている。今までだったらどんなにか感動したことだろう。どんなに嬉しかっただろう。今はもう一緒に桜を誉めたたえる相手がいない。「そうだねえ、綺麗だねえ。桜はいいね」と言って一緒に喜ぶ貴方がいない。

去年は枝垂れ桜を観ての、お花見だった。あれから一年も経ってないのに、これからも色々な桜を訪ね、何回も何十回もお花見をする予定だったのに、もう桜は観たくない。桜の花の色は哀しい。はらはら散る花びらは涙のようだ。

頬を撫でて行く風に乗って花びらが囁いてゆく。「一美、大丈夫か、元気でいるんだよ。また連絡するから」

◇

み月が過ぎた。貴方を悲しませないように、なるべく泣かないで、荷物の整理などをして生きている自分を確認するように体を使う。でも目につくものは貴方のものばかり、何もかも貴方の香りがする。私の周りにあるものは全て貴方と過ごした時間のなごり、貴方の愛、一つ一つが懐かしく悲しい。

日毎に力が消えていく。どうしたらいいのか自分では判らないまま、とにかく今を整理し、未来を見つけるための時間を過ごしている積もり。

私達の二十年がどんな意味を持っていたのか。どこもかしこも貴方一人分がぽっかり空いた、貴方のいない空間をどのように過ごして行くのか、それは何の為なのか、二人で一人だった私達の私は何のために半分残っているのだろうか。

何をする気にもならず、人にも逢わず、さしていい考えも浮かばないまま、毎日夜を迎え、また朝が来る。まるで取り残された一つの臓器のように思考する脳も、行動する手足もない。悲しい心だけが取り残されている。

亡くなった人はどこへ行き、どんなになるのだろう。今貴方はどこでどうしているのだろう。幸せなのだろうか。貴方と共に生きた時間、本当に幸せだった。本当に愛していた。

記憶が日に日に大きく重く広がってゆく。貴方も今、そう思ってくださっているのでしょうか。

一生懸命私を愛し、その私はまだ暖かい巣の中でまどろんでいるときに、「そろそろ、独りで飛んでごらん」って大空に放り出されたようなものだ。まだ飛び方は習ってなかったのに。朝まだ早い夜明け前の空へ放り出された私は産毛をまき散らしながら、地面にだけは落ちないようにぱたぱたしている一羽のひな鳥みたいだ。

「そのくらいのこと、出来ないでどうする。さあ思いっきり飛んでごらん。お前ならできるよ、ちゃんと見ててやるから」

貴方はずるい。そうやっていつも、私に難問を課す。それでも今までなら私は頑張ってきた。でも今回だけは出来そうもありません。希望が見えないから。貴方の笑顔が側にないから。

今までならどんなに大変なことでも一見、魔法のようにやってのけた。貴方が感心して喜ぶ顔が見たかったから。何もかも貴方に見て欲しくて貴方に誉められたくって、貴方を安心させたくて頑張ってきたような気がする。貴方のためだけに生きてきたような気がする。

半身になった自分が、一体何なのかよく判らない。

もう何もする必要がなく、何かに取り組む意欲もない。

二人でいた風景の中に貴方を探す、そこに貴方がいないことは悲しく、気配を感じると涙が溢れ、声を聴くと泣いてしまう。

逝かないで欲しかった。もっと頑張って欲しかった。いつも、いつも、あんなに頑張っていたのにどうして今度だけって、ついつい恨んでみる。

「貴方」呼んでみる。

「なんだい」

「貴方、貴方」

「なんだよ」

いつもどおりの返事が聞こえる。

貴方の言いたいことは判っています。

「元気を出して頑張れ」と言うのでしょう。

「泣いても一日、笑っても一日、同じ一日ならお前の世界一の笑顔で、沢山笑って、幸せに過ごすんだ。お前なら出来る。ちゃんと、見ててあげるから」

いつもの笑顔がそこにある。大きくて、暖かい貴方の笑顔が。

「思いっきり幸せに生きて、俺の歳に追いついたら、側に来い。同じ年になりたかったんだろう。いつまでも待っててあげるから」


貴方が遠くへ逝って、初めて私は、生きるということを真剣に考えた。貴方の死によって初めて、生きている私の意味を考えた。生きているということ、生きねばならないということ、何のために、どのように生きていくのかということ、どういう自分で生きたいのかということ、生きている自分が、生きている他の人とどのように関係していくかということなど、を考えた。

貴方をどんなに愛しているか、どんなに愛されていたかということがしっかりとよく判った。

愛する人を失っても、人は一人でも生きなくてはならないということを初めて知った。簡単には死は与えられないということも判った。貴方とめぐり逢って、愛しあったことの意味、余りにも幸せで、余りにも忙しくて考えている暇がなかった数々のことについて、頭の後ろに時々貴方の声を聞きながら、考え続けた。


そして今年もまた、貴方のお誕生日が巡って来た。毎年、二人でお祝いをした貴方の誕生日。私は毎年、カードに書いた。「大好きな貴方へ。また一年、健康で、幸せでありますように」と。今年は自分に書いた。今日からは、独りで頑張って生きて行かなければいけない自分に書いた。明日の命は確かなものではないということを知った今、今日を精一杯生きて行かなければいけない自分に。

貴方が私に、そうあって欲しいと望んだ私で、一生懸命生きなければいけない。今の私も、これからの私も貴方に見ていて欲しかったけれど。

七夕に小さな笹飾りを作った。小さい、小さい短冊に、貴方へのメッセージを書いた。夜空からよく見える所へ置いた。夜、星はとっても綺麗だった。織姫と彦星がいっそう輝いていた。星祭りが過ぎても、なかなか始末出来ずに、いつまでも飾ってあった。いつの日か、私もそこへ行きたい。その時は、一年に一度なんて言わないで、大きく輝く貴方の星のすぐ側にぴったり並んで輝きましょう。彦星と織姫の物語、「……二つの星は、それからは二度と離れることなく、寄り添って仲良く、いつまでも、いつまでも美しく光り輝きました。めでたし、めでたし」

今年になって、珍しく二人で、夢見たことがある。

貴方が私に望んだことがある、私に成して欲しかったことがある。貴方が夢見ていたことがまだ沢山ある。

二人で生きた、大切な時間の記憶を頼りに、それらの一つでも叶うように貴方が頑張れとおっしゃるのなら、頑張ってみよう。

貴方の愛の感覚をいつまでも忘れないで、一生懸命頑張って、貴方が残していった分の時間も生きて、いつかお天気のいい日に胸を張って、とびっきりの笑顔で、待っている貴方に逢いに行きたい。

約束の日まで

お変わりございませんか。

一年がちょうど半分巡りました。永かったような、一瞬だったような、一日の重さもない、めりはりもない、ふあふあとした夢の中のような日々です。

突然の納得のいかない出来事に遭遇した時、私はからっぽになりました。切れ切れに自分の芯を失いました。私の人生の中で多分一番重大に自分と向き合わなくてはいけない出来事なのだろうと思いました。とても個人的な、孤独な闘いでした。受け入れるなんて、出来ないことでした。貴方がいないことが不思議で現実味のないことでした。一番、起こる筈のないことが目の前に顕われてしまったのです。

希望も、意欲も、笑顔さえもなくしました。それでも、向き合い、乗り越えなければと思いました。混乱の中ではありましたが周囲に迷惑はかけたくないと思い、永年参加していた地域活動の役員を交代していただき、このことに物凄く感謝しつつ、安堵して、思いっきり一人になりました。何があってもいつも側に貴方がいてくださって心強かったのに、貴方がいないと本当に独りぼっちでした。恐ろしいことでした。地球上にどのくらい人がいようとも、いるのは私一人でした。「さあ来い。哀しみ！」この先、自分が見つける結論が何なのか予測のつかないまま、孤独な旅に出ました。一見勇敢そうな、しかしから元気でした。起こったことをどこかで否定し、嘘であることを願いながら、勝敗の見えない闘いの海に漕ぎ出して行ったのでした。まるで真っ暗な冬の夜空に貴方の星を捜すようでした。貴方が恋しく、話しかけた時にまたたいてくれた星はみな貴方の星に思えました。

私の記憶にある場所には必ず貴方はいました。そして記憶の中の貴方はどれも笑顔でした。でも手を伸ばして、貴方に触れようとすると、確かなものはそこにはなく、手ごたえのない空ろさだけが残りました。涙だけが答えでした。

貴方はよく私に「一美、あまり考えるな、どーんと構えていなさい」とおっしやっていましたが、考えてばかりいました。「なんだろう、なんだろう」と考えていました。

悲しく、不安で、こんな時こそ貴方に一番逢いたいのにと思いました。「ここにいるじゃないか。いつでもお前の側にいるだろう」貴方の声が聞こえます。でも何かが違います。むなしさと悲しみが伴います。貴方と一緒だった道路を独りで走っていると、いつものところで、いつもの貴方との会話が蘇ります。貴方はいつも同じ場所で、同じことをおっしゃいましたから。

運転中の私の両肩に優しくそっと手を置き、「大丈夫か、気を付けて、慌てないでいいから」「いつもと同じ道を行きなさい」「高速代、細かいの用意したか」「ここのゲートでは以前可笑しいことがあったね」「以前、この辺りでお前が気持ち悪くなったな」「お前、人間が大きくなったなあ、凄いよ」「こんどいつ逢おうか」「どこに行きたいか」

涙で前方が見えなくなります。あわててワイパーを動かしますが、なぜか景色は見えません。そうか、曇っているのは車の窓ではないんだと、暫くして気づき、もっと悲しくなってしまいます。

そんな私をきっと遠くから見守り、なかなか元気にならない私を焦れったいと思いつつも、可哀想に思い、悪いと思っていらっしゃる貴方を時々感覚の中に感じながら、これでも少しずつ頑張って来たと思います。

貴方を安心させるためにも、二人の永い二十年という貴重な時間のためにも、私自身のためにも、これからも自分をしっかりと立たせて生きて行かなければいけないということは、よく判っています。それでも時々、もの凄く寂しく、悲しく本当にすべてを、最後に残されているたった一つのものさえも捨ててしまおうかと思うこともありました。貴方が大きく広げて待っていてくださる両手に、今すぐ飛び込みたいと思うときがありました。

私は今でもまだ信じられなく、貴方が「ごめんね、心配をかけてしまって」と電話してくださるような気がしています。「心配したか」と言って笑顔で帰って来てくださるような気がしています。そんなときを心待ちにしています。だって貴方はまだ私に「おわかれ」を言ってくださっていないでしょう。貴方が私に何もおっしゃらずにどこかへ行ってしまうとは思えませんし、「さよなら」を告げるのに、こんな方法でなさるとは思えません。それとも昔、いたずらにした会話、「フランス式のさよならって知ってる、何も告げずにお別れすることをそう言うのですって」「うん」気のなさそうな返事をなさっていたくせに、あんなもの思い出して「最後はフランス式で洒落てみたんだ」とでもおっしゃりたいのでしょうか。

貴方が遠くへ旅立たれたとき、私はなす術を知りませんでした。嘘だと願い、何とか日常を予定通りに進めようと、ただひたすら呆然と貴方を、待ち、求めていました。

貴方は建設的に物事を考える人でしたから、私も生きて行くのなら、そう生きたいと思いました。なんとか崩れ落ちないよう、自分を支えることが精一杯でした。

でも無理でした。どんなに時間が流れても哀しみが薄くなることはなく、新たな力が湧いてくることはありませんでした。貴方がいないということは、私には総てが意味がないということでした。

こんなとき、予期しなかったこんなとき、貴方は私に、何を望んだでしょう、私がどう生きることを望んだでしょう。今こそ命じて欲しいのです、自分では何も考えたり望んだり出来ないから、貴方の意思が知りたいのです。

「判るだろう、そんなこと。じっくり思い出してごらん。何も変わっていないよ。今までのことを思い出すんだ。ちゃんと何でも話してあるだろう。今も何も変わってないよ」

貴方と、もっと沢山話しておきたかった。もっと色々なことを伝えておきたかった。本当に、本当に愛しているって、もう一度ちゃんと言っておきたかった。

一生分の愛を告げたかった。

私の想いは本当に本当のまま伝わっていたでしょうか。貴方の気持ちを私は、ちゃんとわかっていたのでしょうか。傷つけたりしたことはなかったでしょうか。お互いに、与えられた時間を、ちゃんと大切に過ごせていたのでしょうか。これでいい、後悔はないという所まで来ていたでしょうか。私には思いが残ります。貴方にもっと、もっと愛をあげたかった。もしもの時には、一緒に連れて行っていいって、言っておきたかった。

貴方が好きだと言ってくださった私の心を全部あげたかった。もっと優しく、もっと注意深く貴方を愛したかった。貴方の、大きくて、からっとした笑い声をもっと沢山、何度も、何度も聴きたかった。嬉しそうな、弾けるような笑顔を飽きるほど見ていたかった。もっと楽しい思いをさせてあげたかった。もっともっと我が儘をしたかった。大好きな仕事を力一杯、たくさんさせてあげたかった。

私が追いつけないほど早く歩く貴方について、どこまでも歩いていきたかった。

「一美、見てごらん、これはこうなんだ、あの時はこうだったんだ。凄いだろう」ってもっと色んなことを自慢して欲しかった。

私は、貴方より必ず先に天国へ行くだろうと思っていましたから、独り残ったらどうしようということは、夢にも考えたことがありませんでした。もし貴方が私を置いて先に逝くようなことが起きたら、私もすぐに、後を追うだろうと確信していました。貴方は考えたことがあったのでしょうか。

私は、私が独り先立ったとき、貴方が寂しい思いをするだろうからそれが心配、ということ以外は考えたことがありませんでした。

時々耳にする言葉ですが、本当に、人は独りでしか旅立つことが出来なかったのですね。

私には今、とっても心に掛かっていることがあります。貴方とした約束のことです。「約束は守らなくては」と貴方がいつもおっしゃっていたあの約束のことです。

「もし貴方が先に、天に召されることがあったら、私は、すぐ後を追います」と固く約束していることです。

二人で逢う約束をして、二十年の間に私は一、二回遅刻をしました。道路の渋滞が主な原因でしたが、その、一センチも動けない車の中で、待っている貴方を思って、はらはらしていた時のような気持ちです。待たせているという、あの心臓が空気にふれてヒリヒリするような辛さ、もっと早く家を出ればよかった、という後悔の思い、自分が待つ方が、どれだけ楽だったか知れません。

やっと到着して、

「ごめんなさい」というと貴方は心配そうな顔をして、

「忘れたのかと思った」とおっしゃいました。

「私が貴方との約束を忘れるはずはないでしょう。もし忘れたら、それは私がぼけた時です」

「そうか、忘れないか。忘れたらぼけた時か」

「年をとるのは良くっても、ぼけるのは嫌ですね」

「そうだね、ぼけたくはないね」

そんな会話を交わしながら、あの時も私達は「そうならないように、健康第一に、仲良く永く生きて行こう」と話し合ったものでした。

あの約束をどう守ろうか、考えています。

貴方、本当にごめんなさい。私は迂闊でした。いつまでも命があるものだと信じていました。

もっともっと時間があるものだと思っていました。これからゆっくり、腰を据えて生きていけるものだと思っていました。貴方の愛に甘えていました。

私が早く元気にならなければ、貴方が安らげないと思うと心が痛みます。

昨日、久しぶりに貴方の夢を見ました。声も手の感触も以前のままでした。相変わらず、忙しく、皆さんに気を遣っていました。マッサージをしてあげた足の指先が、小さくなっていたような気がしました。私は二人が会えていることが嬉しく、でもこれだけは伝えておかなければと思って、「食事に気を付けて、毎日運動も少し、してください」「うん、腹筋をやっているよ」「大変なことは続かなくなるから、三十分くらい、歩いてくださいね」なんて、とても平凡な会話を交わし、久々の逢瀬を楽しみました。

また逢いに来てください。おかげで昨日は私達の部屋に、ふっ、ふっと貴方の香りがしていました。私はその香りを、身体一杯に、深呼吸をするように吸い込みました。暫くは貴方と一緒でした。

今年は、格別暑い夏です。

そういえば、去年も暑かったですね、真夏の太陽の下を、真っ赤な顔をして、木立の間を見え隠れしながら、とっ、とっ、と歩いて帰って来てくださった貴方を思い出しています。その様子を嬉しさで溢れそうになりながらニコニコ見ていた私を懐かしんでいます。どんなに暑くても、二人でいれば、幸せだったのに。

とりわけ夏は、私達二人の季節だったのに、独りで過ごすには、とても暑過ぎます。夏が暑いなんてこの二十年間考えたことがなかったのに、夏は暑いから素敵だったのに。

連日、子供の頃海水浴場で見た空のような、真っ青な空に真っ白い入道雲がむくむくと浮かんだ、絵に描いたような空が広がっています。陽の光はギラギラと目を刺します。

こんな夏は二人で海水浴に行きたかったですね。そして沖の小島まで泳いで行って、『木を植えた男』を一緒に読んで、何度読んでも「貴方みたいでしょ」と私が言い、「そうか」と貴方が言います。そして「一美、本を読むのが上手だね」と言います。「そんなことが言いたいのではなくて、この主人公の中に貴方を感じるの。主人公に感動することで、貴方を尊敬しているって言いたいのです」

「はいはい、わかりました」

波の音を聴きながら、白い砂浜で同じ夢を見ながら、お昼寝をしましょう。夢から醒めたら、小さな美しい貝殻をたくさん拾って帰って、私達の家の窓辺に飾りましょう。風が吹くたびに、貝殻は楽しかった夏の想い出を、思い起こさせてくれることでしょう。

木枯らしが吹く寒い冬の日も、日溜まりのお茶の時間に、窓辺の貝殻を眺めながら、

「また来年も、海に行きましょうね」と寒さを忘れて、夏の海を夢見ることでしょう。

「必ず来年も、海に行きましょうね」

そうして、暑さも少し和らぎ、秋になったら、一番いい頃に約束の旅に出ましょう。私が貴方の故郷を愛するように、貴方もきっと私の故郷が気に入ると思います。山も、河も、樹木もきっと貴方を喜んで迎えてくれるでしょう。子供の頃に遊んだ、公園や神社、子供の私がいつもスケッチをしていた風景、きっと貴方

は気に入ります。

「昔からここを知っているような気がする」

「見たことがあるような気がする」

「どんな子供だった？　きっと可愛い、大人しい女の子だったんだろうな」なんておっしゃるでしょうか。

旅から帰ると、仕事が忙しく私達を待っています。貴方が、私に夢見たこと、貴方の夢を叶えましょう。貴方の喜ぶ顔が見たいから、貴方を安心させたいから。

仕事場の隅に、一目で全部が見渡せる、居心地の好い所に、貴方のために椅子を一脚置きましょう。いつでも貴方がそこに座って、私を眺めていられるように。

貴方に見守られて、安心して仕事することが出来るように。もしかしたら、あまり一生懸命仕事をすると、貴方はまた、少し焼きもちを焼くのでしょうが。

大丈夫、私は貴方しか、愛しません。貴方との約束は決して忘れません。「誰か他の人を好きになるなんて絶対許さない」

「俺も絶対許さないよ」

二人でそう約束したのですから。だから私がどんなに一生懸命、何かに夢中になっていても、ちっとも心配はいりません。皆、貴方のためなのです。私が幸せじゃないと、貴方は安心出来ないでしょう。

クリスマスは例年通り、飾り付けをして二人で楽しい時間を持ちましょう。毎年少しずつ増えていったオーナメントや小さなリースの数々、もう随分沢山になりました。今年は二人とも、悲しい思いをしたから、プレゼントはうんと奮発しましょうね。貴方はいつも、「お前がいればいいよ」って何も欲しがらないけれど、今年は駄目ですよ。いまから考えておいてくださいね。

そして暮、貴方は記憶にありますか。私達の時間をスタートさせてから、初めての暮、それまで、夢中に日々を過ごしていて、愛のかたちについて真剣に考えている暇がありませんでした。あの日、貴方と逢って、「良いお年をお迎えくださいさい」ってご挨拶をして、別れてから、私は急に悲しくなりました。わっと溢れて来た涙がこぼれないように、ゆっくり車を運転しながら走っていると、暗い空から大きな牡丹雪が、ふわーり、ふわーり舞い降りて来ました。とっても悲しかった。悲しくて、悲しくて、段々沢山になってくる、牡丹雪の下で、いつまでも泣きました。競争するように、牡丹雪もいつまでも舞い狂っていました。

そんな悲しいことも、時々あったけれど、一日経って新しい年の元旦には、全て何事もなかったように、何もかも新しく二人ともはじけんばかりの輝く笑顔で新年の挨拶を交しましたね。新しい期待で胸が一杯になりました。嬉しいことの方が沢山あったから、私はどうしても貴方が好きでした。ぴったりの言葉が見つからないくらい貴方を愛していました。

とてもいい人生だったのかも知れません。私は誰にも負けないくらい幸せだったのです。そのことを今私は貴方に伝えたいのです。

「いいよそんなこと、判っているよ」

きっとそうおっしゃるのでしょうが、私はきちんと伝えたいのです。貴方の顔を見て、しっかりと伝えたいのです。

「二十年、私達の時間の中で、貴方に守られて思い通りに生きて来ることができて、幸せでした。世界中で一番、幸せでした」

そう伝えたいのです。お礼が言いたいのです。静かで本当に穏やかな、深い幸せな日々でした。だからきっと、これからも幸せに生きていけるだろうと思います。

貴方と一緒に今までのように、何も変わらず、生きていけると思います。私達の二十年を初めから、一日に一日分を思い出して、泣いたり、笑ったり、怒ったりしながら、幸せに生きて行こうと思います。それだけでも、二十年かかります。これからも、貴方と生きていけます。

貴方、これからも今までどおり、一美を見ていてください。困ったときや、悩んだときには、助けてください。沢山笑って、幸せに生きます。

貴方に逢いたくなったら、またお便りします。毎日のことを何でも書いて、手紙を出します。

二人ですごした楽しい時を思い出すと、元気が出てきます。貴方の笑顔が思い出されます。そんな時はとても幸せな気持ちになれるのです。

貴方も、お便りください。待っています。雨の日には優しく私の両の肩を濡らして、風が吹いたら風の音で寂しい私の心を慰めて、紅葉した綺麗な木の葉で私の足元を飾り、重くなりそうな足取りを軽くして、空を舞う雪のドレスを贈ってくださり、春の美しい花々で家中を飾ってください。新緑の眩しさに輝かしい貴方をいつでも思い出しましょう。何でも貴方の心だと思いましょう。嵐でさえ、貴方の激しい愛のほとばしりだと思えます。一年中、一美が寂しくないように貴方の心を届けてください。いつでも一美の側にいてください。

負けそうになったら「しっかりしろ」って叱ってください。寂しい時には「元気で、頑張れ」って励ましてください。

私達は二人の時間の中で、いつの間にか、大きな大切なものを造り上げていました。貴方はそれを私に残してくださいました。この頃、やっとそのことに気づきました。人が求めて止まない一番大切な宝もの、それを貴方は私にくださいました。この先ずっと大事に、いつまでも大切に生きていきます。

それを思えば優しい気持ちになれます。澄んだ心の人でいられます。触れたら、元気が出ます。貴方が、いつも私に望んでいた「もっともっと幸せな一美」でいられます。

いつか必ず訪れる、私達の約束の日まで、時々一美に逢いに来たりしながら安心して、ゆっくり待っていてください。

貴方の一美

恋しい貴方へ

星に願いを

2002年12月15日　初版第１刷発行

著　者　大倉 一美
発行者　瓜谷 綱延
発行所　株式会社文芸社
〒160-0022　東京都新宿区新宿1-10-1
電話　03-5369-3060（編集）
03-5369-2299（販売）
振替　00190-8-728265

印刷所　株式会社 平河工業社

ISBN4-8355-4837-X C0095